G. LIONNET

Historiettes Glorieuses

pour les enfants

ADMINISTRATION :

73, Boulevard Saint-Michel, 73

PARIS

AU LECTEUR

Pendant que les grands frères et les papas ne sont point là, il faut que les enfants soient sages ; nous avons pensé à eux et pour les récompenser de leur bonne conduite nous avons écrit de belles histoires que le soir, autour de la table de famille, on leur contera doucement, tout en songeant aux absents.

Aux petits garçons nous dédions les jolies histoires qui suivent et que grande sœur, grand'mère, tante ou maman aimeront leur dire, avant de les mener en leur chambrette où ils iront faire de beaux rêves pleins de visions magnifiques. Leur petite âme de Français s'éveillera ainsi à l'amour de notre beau pays.

Allons, petits garçons de France, écoutez bien sagement notre première histoire, et l'on vous dira toutes les autres.

Table des Matières

JACQUOT LE PETIT SONNEUR

Jacques était un très petit garçon, mais il était très intelligent et très courageux. Quand la guerre éclata, soyez tranquilles, il se jura bien de faire son devoir à sa manière. Il vit partir son papa très bravement, il l'embrassa, avec beaucoup de calme et de gentillesse, sans pleurer et sans faire une seule question ennuyeuse.

Ayant vu pleurer sa maman, il lui promit d'être sage, de ne jamais se faire gronder et de mériter, par sa conduite exemplaire, le retour de son père.

A ce discours charmant, la mère de Jacques fut très émue et sécha ses larmes en remerciant le ciel de lui avoir donné un petit garçon aussi gentil et aussi disposé à bien faire, de tout son bon cœur ; elle écrivit bientôt une lettre au papa et lui confia toutes les excellentes résolutions de Jacques. Le papa répondit : « Jacques et un vrai petit homme et je suis fier de lui. » — Vous pensez si notre gamin fut content !

Vous voyez d'ici quel genre d'enfant était ce Jacques dont je vais vous dire l'histoire. Je suis convaincu que tous les enfants voudraient lui ressembler.

Il demeurait avec sa mère auprès de la frontière, dans un très joli village. Il vint donc tout de suite beaucoup de soldats français chez eux, et Jacques écoutait tout ce qu'on disait et le mettait bien en sa petite mémoire.

Un soir, il entendit un bel officier dire à monsieur le curé qui était venu voir maman :

« Monsieur le curé, nous partons en reconnaissance à quelques kilomètres ; si jamais les ennemis venaient au village, vous n'auriez qu'à sonner la cloche de l'église pour nous prévenir. »

Et voici que les soldats quittèrent le village, le lendemain, et que durant quelques jours tout fut à peu près tranquille.

Un soir, on entendit dans les rues des galops de chevaux, des appels rudes et rauques. Les gens se sauvaient en disant : « Les voilà ! » C'étaient eux, en effet, les méchants ennemis : une forte patrouille de uhlans, c'est-à-dire des cavaliers qui venaient d'avance faire peur au village pour que bientôt beaucoup de soldats les suivent et aillent, là-bas, tuer les soldats français partis en avant.

Bientôt, on frappa rudement à la porte de la maison qui s'ouvrit même sous un coup de crosse de fusil, des soldats allemands entrèrent. Maman devint toute pâle et Jacques serra ses petits poings.

— Où sont les Français? questionna un soldat.

— Je ne sais, Monsieur, dit la maman qui tremblait très fort.

De la rue venait beaucoup de bruit, Jacques, ayant regardé vers la porte, vit passer monsieur le curé que deux soldats poussaient devant eux.

— Mon Dieu, murmura Jacques en lui-même, il ne fera pas sonner la cloche !

Et le voici qui sort et court tout d'une traite à l'église.

Dans l'église il y avait tous les gens qui avaient pu se sauver, et aussi des soldats ennemis qui s'amusaient à faire peur à tout le monde en tirant des coups de fusil.

— Il faut sonner la cloche pour appeler les Français ! cria Jacques en entrant tout essoufflé et tout rouge d'avoir couru.

Des dames lui firent signe avec des visages effrayés et personne ne bougea. Le sonneur qui était là s'était fourré sous la chaire — il faut dire à son excuse qu'il était très vieux.

Que fit Jacques alors? Il se pendit à la corde et de toutes ses forces il tira le plus longtemps qu'il put. Et la bonne cloche se mit à tinter, puis bientôt mise en branle, enfin, on entendit sa voix.

Ce fut terrible alors, des soldats entrèrent et se mirent à brutaliser tous les gens qui étaient là.

— Nous brûlerons l'église, dirent-ils et vous tous dedans!

Jacques quitta la corde et comme il était petit il put se faufiler et gagna l'escalier du clocher, ferma à double tour derrière lui, la porte qui donnait dans l'église.

— Je serai mieux à mon aise pour sonner, se dit-il en montant l'escalier pénible et dangereux.

Et une fois perché dans les poutres il recommença de faire tinter la cloche. Du trou de l'escalier noir il entendait une rumeur menaçante venir de l'église, peut-être y mettait-on déjà le feu?

Tout à coup, de la meurtrière béante d'où il voyait toute la campagne, il aperçut d'autres cavaliers qui arrivaient en foule. Il crut reconnaître, parmi la verdure et la la poussière de la route, les culottes rouges des soldats français qui étaient venus d'abord au village. Mais oui, c'étaient eux !

Jacques dégringola son escalier en échelle ouvrit toute grande la porte et cria :

— Voilà les Français !

Ils entraient... Les gens pleuraient et riaient, comme devenus fous de joie.

Beaucoup de uhlans furent tués, les autres furent faits prisonniers. M. le curé qu'on avait attaché à un arbre pour le faire mourir fut délivré.

— Qui donc a sonné ? demanda-t-il, est-ce mon vieux Jean qui a eu ce courage?

Mais le vieux sonneur tout penaud secoua la tête.

— Non, dit-il, ce n'est pas moi... c'est, ajouta-t-il en prenant Jacques par une oreille... c'est ce galopin-là !

La maman de Jacques accourait tout en larmes, cherchant son fils, perdu depuis plus de quelques heures, elle ne put que l'embrasser en pleurant des larmes heureuses et fières.

Songez que Jacques était resté de longues heures en haut du clocher et que pendant ce temps il savait qu'on allait brûler l'église et que jamais il n'avait eu peur parce qu'il savait que les Français allaient revenir et qu'il obéissait aux paroles du bel officier qui avait demeuré chez sa maman et l'avait gentiment fait sauter sur ses genoux.

— Toi, lui dit l'officier quand il apprit la chose, tu es un vrai petit Français, et il l'embrassa, devant tous ses hommes, dont quelques-uns pleuraient.

LE BRAVE BOY-SCOUT

Louis Fauplin était « boy-scout » ; il était très fier de son équipement et portait, ma fois, fort gentiment le charmant uniforme kaki, le petit chapeau et le foulard rouge.

Comme il possédait une bicyclette il était employé dans la ville pour porter les dépêches et faire les courses du commissaire de police.

Quand vint la guerre, Louis Fauplin eut un poste très sérieux, il allait porter aux pauvres femmes des villages d'alentour des secours et des dons des bonnes œuvres de la ville. Il faisait sa besogne sérieusement et avec beaucoup d'entrain et de cœur. Son grand frère était parti se battre et Louis pensait : « Moi aussi je sers ma patrie à ma manière ». Il rentrait souvent à la maison quand la nuit était venue depuis longtemps, il trouvait sa mère inquiète, mais il l'embrassait si gentiment qu'elle était tout de suite rassurée et consolée. Il partait le matin de bonne heure et le froid piquait, mais qu'importe, Louis ne voulait point être douillet et ne se plaignait point, pensant à son grand frère qui, lui, couchait dehors et n'avait point de poêle pour se réchauffer ni de maman toute proche pour le soigner et le réconforter.

J'ai oublié de vous dire que mon histoire se passe près de Soissons.

Les Français étaient passés en grand nombre par les villes et les campagnes, puis on les vit revenir et on chuchotait alors tristement, et beaucoup de femmes pleuraient et se désespéraient. Tous ceux qui le pouvaient fuyaient vers d'autres régions de la France. Partout c'était la peur.

Notre brave « boy-scout » continuait son travail journalier avec la même bonne humeur et la même tranquillité. Un matin le commissaire dit à Louis :

— Mon petit, il faut maintenant rester chez toi, l'ennemi est tout proche, et il devient dangereux de te laisser
ainsi aller par les routes. Tu es un brave petit, mais reste
auprès de ta maman et, même il serait prudent que vous
quittiez la ville pour aller vers Paris.

Louis Fauplin était allé, la veille, chez une vieille femme
malade qui avait besoin d'aliments et de linge, il devait
revenir, ce jour-là, vers elle, et voilà que monsieur le
commissaire lui défendait de quitter la ville, et lui disait
même de fuir avec sa maman.

Très triste, il revint à la maison.

— Si les Allemands devaient venir ici, maman, voudrais-
tu partir? questionna-t-il aussitôt entré.

— Jamais ! fut la réponse de la maman.

Alors, la résolution de Louis fut vite prise. Puisque maman entendait demeurer malgré tout, et qu'elle n'avait
point peur, lui, Louis Fauplin continuerait à faire son devoir
comme par le passé.

Il sortit presqu'aussitôt de la maison avec une miche
de pain frais et quelques hardes propres et il enfourcha sa
bécane. Il s'arrêta chez le pharmacien et acheta les médi-
caments nécessaires à sa vieille protégée.

Le matin clair vit Louis Fauplin par la route habituelle,
et son allure était la même.

A quelques kilomètres de la ville, Louis entendit un bruit
formidable qu'il reconnut parce que, quelques semaines au-
paravant, il l'avait déjà entendu. C'était le canon, vous
l'avez deviné. On se battait pas loin de là, donc, l'ennemi
avançait.

Le soir venu. Louis prévint à nouveau sa mère.

— Mère veux-tu partir? Le canon tonne là tout près, et
si tu as peur...?

— Peur ! dit la maman, lorque mon fils est à la bataille,
que penses-tu, Louis? Je ne quitterai point ma maison.

Et le lendemain Louis continua ses courses charitables
à travers la campagne. Le canon tonnait très proche et

sans arrêt. On se battait tout près maintenant. Des blessés vinrent même se réfugier dans la ville.

Le bon petit « boy-scout », fatigué, s'était arrêté à la lisière d'un bois lorsqu'il vit passer quelques cavaliers français qui lui demandèrent le chemin le plus court pour arriver à la ville. Louis indiqua vite et bien à ses amis les soldats le chemin désiré, puis il remonta sur sa machine. Il voyageait depuis un moment, quand il vit venir à lui d'autres soldats qu'il reconnut pour des ennemis au frisson qui vint lui faire dresser les cheveux sur la tête.

— Halte ! petit homme ! dit un grand blond à l'air dur, en un très mauvais français.

Louis Fauplin mit pied à terre et attendit :

— Tu viens de voir des Français, ce sont des prisonniers échappés, où vont-ils?

Louis Fauplin secoua la tête.

— Je n'ai rien vu, vous vous trompez, monsieur.

Le grand cavalier ricana puis il fit signe à deux de ses camarades.

— Prenez-le et qu'on l'attache à cet arbre, il parlera bien sous le fouet.

Les soldats se jetèrent sauvagement sur le pauvre « boy-scout » lui prirent méchamment sa bicyclette qu'ils jetèrent au loin puis ils l'attachèrent à un arbre.

— Où sont les évadés de tout à l'heure? demanda encore celui qui semblait être un chef de ce groupe de barbares.

— Je n'ai rien vu ! dit calmement Louis Fauplin.

— Frappez-le.

Les soldat frappèrent. Louis ne dit rien et ne se plaignit pas. Quand la patience des soldats fut à bout, le chef dit :

— Détachez-le et qu'il s'en aille, il sera pendu parce qu'il nous a menti, nous le retrouverons.

On détacha Louis et il dut aller à pied parce que les soldats ennemis avaient brisé sa bicyclette. Il marcha presque toute la nuit et arriva enfin à la ville ; il eût encore la force d'aller à la mairie conter son aventure et prévenir les

Français réfugiés dans la ville. Puis il rentra chez lui en proie à une fièvre ardente. Le pauvre petit était à bout d'énergie. Il tomba gravement malade et fut longtemps en danger, mais il avait sauvé par son courage et sa fermeté la vie d'une vingtaine de Français, et de bon nombre de blessés qui quittèrent à temps la ville pour ne point tomber entre les mains des ennemis.

Maintenant, voulez-vous savoir pour finir mon histoire, quel âge avait Louis Fauplin? L'âge où l'on aime les billes, les gâteaux et ne pas aller en classe : 13 ans, mes enfants. Vous voyez que quand un petit garçon a du courage, de la volonté et du cœur, il peut faire de grandes choses, malgré qu'il soit très jeune et pas bien fort ! Et que les soldats allemands ne sont pas faits pour l'effrayer !

LE PETIT PATRE

Vous savez ce que c'est qu'un pâtre, c'est un homme qui garde les moutons. Ce gardeur de moutons dont je veux vous conter l'histoire se nommait Tintin, c'était un orphelin ou un enfant trouvé, on ne lui connaissait pas de famille. Il gardait les moutons chez un gros fermier de la Meuse. La guerre arriva, le fermier partit se battre, la fermière s'en alla dans un pays tranquille, chez sa vieille mère. et Tintin demeura seul sur la route à vivre de la charité des voisins et à coucher dehors.

Des régiments passèrent. Tintin en suivit un et il demeura bientôt tout à fait parmi ses nouveaux amis. Il buvait à sa soif, mangeait à sa faim et bivouaquait gaiement avec les soldats. Jamais de sa vie, je vous assure, le petit pâtre n'avait été si heureux !

Quand le régiment eut à faire face à l'ennemi, le petit pâtre ne resta pas en arrière.

— Donnez-moi un fusil, demanda-t-il, je vous promets de m'en servir.

Et il fit comme il disait.

Voilà qu'un jour il entendit le capitaine demander un volontaire pour aller porter un ordre à quelques kilomètres de là à un détachement séparé du régiment par les lignes ennemies. On pense que bon nombre se présentèrent, car tous les soldats français sont braves et ne reculent jamais devant le danger. Cependant, le capitaine réfléchissait, semblant longuement hésiter. Enfin, il dit, comme se parlant à lui seul :

— Envoyer un soldat est dangereux, trop dangereux. C'est un paysan qu'il me faudrait. Tiens, petit, prête donc à un de mes hommes, tes vêtements de pâtre, ainsi il sera méconnaissable et pourra plus simplement gagner les lignes périlleuses.

—Non, non ! dit Tintin, je ne prête pas mes vêtements, mais je puis aller si vous voulez porter l'ordre. Ayez confiance en moi, je me tirerai d'affaire. Voilà des jours que je vis avec vous sans rien faire d'utile, il est tout naturel que je fasse aujourd'hui une besogne intéressante.

— Tu es bien jeune, mon pauvre petit, dit le capitaine avec émotion, et puis... non, tu aurais peur ! Allons, déshabille-toi, ne perdons pas de temps.

— Je vous en supplie, cria Tintin en se jetant à genoux, envoyez-moi, je suis habitué aux marches et je serai vite revenu.

— Allons ! dit l'officier. Il dit à l'oreille du petit paysan quelques mots qu'il lui fit répéter à plusieurs reprises, puis il lui serra la main.

— Vas ! tu es un brave petit gamin. Vas, et reviens vite.

Et Tintin partit rapidement, gagna un bois et disparut.

Une heure après il était aux lignes ennemies. Des coups de feu saluèrent sa petite ombre qui se dressait sur l'horizon des champs. Tintin n'eut pas peur et hâta le pas. — Il se croyait sauvé et s'apprêtait à gagner joyeusement les lignes françaises quand il heurta presque une sentinelle qui donna l'alarme. Le poste accourut. On se saisit de Tintin.

— Où vas-tu, petit bandit ?

— Chez ma mère, mentit l'héroïque enfant.

— Tu mens. Nous savons que tu es porteur d'un message pour les Français !

— Vous vous trompez ! cria Tintin avec un accent si sincère que les ennemis le crurent presque.

— Qu'on le fouille, qu'on le déshabille, dit un officier.

On fouilla, on déshabilla Tintin, on le laissa aller avec ces mots méprisants : — Bah ! nous sommes bien bons, c'est un gamin, et il a l'air un peu simple.

Le gamin courut de toutes ses forces aux lignes françaises, remit de mémoire l'ordre du capitaine, attendit la nuit et reprit sa route. Devant la sentinelle et le poste, il rampa à terre, longtemps, pour passer inaperçu. Sans le voir cependant, mais en l'entendant, la sentinelle au hasard tira, Tintin fut touché, mais pas une plainte, pas un cri, rien ne donna plus d'alarme à l'ennemi qui veillait.

Au matin, le petit pâtre retrouva « son » régiment. Le capitaine le vit venir à lui, pâle, défait, se soutenant à peine, ivre de faim et de souffrance !

— Hé petit, tu es blessé?

— Ce n'est rien, capitaine, ça va déjà mieux !

Tintin avait l'épaule brisée et il avait perdu du sang en abondance, on le pansa, puis on l'envoya sur un hôpital voisin.

Ce pauvre petit pâtre, ce petit paysan, ce simple a sauvé un régiment et facilité une grande victoire française. — On l'a porté à l'ordre du jour, tout comme un héros qu'il fut, bien qu'enfant !

LA CHARITÉ FRANÇAISE

Vous savez, mes enfants, qu'il faut toujours respecter le malheur, qu'il faut soulager ceux qui souffrent et venir en aide aux misérables. Les petits garçons deviendront des jeunes hommes et feront plus tard des soldats, ils ne doivent jamais méconnaître que la pitié est le premier des devoirs d'un être humain.

Vous avez tous entendu dire combien se sont mal conduits les terribles ennemis de la France ; vous savez certes combien le monde entier a blâmé leur cruauté et leur barbarie ; c'est que les gestes qu'ils ont faits sont tous contraires à la bonté, à la charité, à la pitié, qui sont des qualités qui trouvent encore des circonstances à être observées, même durant les plus terribles événements.

Or, écoutez ceci, mes enfants et vous serez fiers de voir qu'en France on n'a point oublié ses devoirs d'homme tout en faisant sa tâche de citoyen et de soldat.

Ce que je vais vous conter m'a été dit par un soldat qui l'avait vu.

C'était un soir d'une terrible rencontre. Des blessés se trouvaient auprès d'un bois. La nuit venait, il faisait très froid. Les blessés étaient des Français et des Allemands. Ils gémissaient terriblement, d'autres râlaient, d'autres criaient, il y en avait qui ne disaient rien parce qu'ils étaient en train de mourir.

Rien n'était plus affreux que ce champ dans la campagne déjà noire, auprès de ce bois où le vent faisait houhou entre les branches, dépouillées de leurs feuilles. Au loin on entendait tonner le canon qui faisait à toute minute de nouvelles victimes. C'était, je vous assure, un vrai passage de l'enfer !

Tout à coup le champ s'anima, de petites lueurs y coururent. C'étaient les brancardiers qui venaient au secours de tous ceux qui souffraient là. Ils allaient pressés, avec leurs petites lanternes, ils regardaient chaque corps étendu, se portaient à chaque appel. Puis venaient les brancards où l'on chargeait avec précaution ceux que l'on pouvait emporter.

Tout à coup, les sauveteurs s'arrêtèrent devant un groupe qui gémissait plus haut que les autres. Il y avait là quatre soldats ennemis bien blessés, et qui essayaient de se faire comprendre sans y parvenir ; un d'eux était blême comme un mourant et faisait signe qu'il voulait boire. Le brancardier se pencha vers lui, et avec douceur lui souleva la tête et mit entre ses lèvres le goulot de sa gourde. L'autre but avec avidité puis parut réconforté, un peu de vie revint à son visage, un peu de couleur à ses joues, il regarda autour de lui, puis, soudain, il se dressa de tout ce qu'il avait de forces, et avant que l'infirmier eût pu deviner ce qui se passait en son esprit, il lui cracha rageusement à la figure et, dans son jargon, il dit :

— Sale Français !

— Pauvre vieux ! dit l'infirmier en s'essuyant le visage avec tranquillité, tu es bien arrangé ! ne soit pas méchant va, on te soignera et tu reverras les tiens. Et doucement, il le prit et l'étendit sur le brancard auprès d'un de ses camarades silencieux.

Ce blessé guérit. Il conta ensuite cette petite histoire et il ajouta :

— Chez nous, dans nos lignes, si un blessé ennemi avait fait ce que j'ai fait à l'infirmier, celui-ci lui aurait immédiatement brûlé la cervelle d'un coup de revolver, à moins qu'il eût préféré le faire souffrir plus longtemps en l'abandonnant après l'avoir rageusement frappé.

Les larmes venues aux yeux, il disait encore :

— Vous êtes de très braves gens et c'est pour cela que vous nous vaincrez, je ne suis pas fier d'être Allemand.

Dites, mes enfant, que vous, vous êtes fiers d'être de petits Français et que vous aimez ce geste si simple, plein de pardon et de vraie bonté, de notre soldat brancardier !

LE CŒUR DE BOB

Bob a vu partir son papa et son oncle. Papa était très beau en lieutenant de chasseurs à cheval, et le petit garçon admirait fort le bel habit bleu clair, si seyant et si coquet.

Oncle était simplement sergent d'infanterie, mais vraiment il avait aussi très fière mine. En somme Bob les aimait tous deux autant l'un que l'autre. Il aurait bien voulu être grand pour partir avec eux à la guerre, entendre le canon, les coup de fusils, dormir au bivouac, habiter les tranchées. Quelle belle vie cela doit être ! pensait Bob qui aimait beaucoup l'armée et qui ne rêvait que de devenir général !

Papa et oncle partis, Bob demeura seul avec Catherine, sa vieille bonne, parce que maman était depuis longtemps très malade dans une clinique parisienne. — Seul ! que non ! Bob avait aussi son chien « Rip », un beau berger Briard, et son cheval « Duc », un gentil alezan, doux comme un agneau.

Bob entendait autour de lui parler de la guerre et dire qu'il fallait être bon et s'entr'aider. Il vit passer beaucoup de pauvres gens chassés de leurs villages et de leurs villes par l'invasion étrangère. Catherine lui disait le matin, tandis qu'il mangeait de bon cœur son chocolat et ses tartines beurrées :

— Vous savez, « Bob » que beaucoup de petits garçons comme vous manquent de pain !

Et le soir quand il allait dormir en son bon lit chaud, Catherine disait encore :

— De pauvres petits enfants n'ont pas de lits pour dormir !

Alors Bob dit à Catherine :

— Ecoutes, Cathe ! je suis très malheureux aussi, papa et oncle m'ont laissé. Maman est malade. Duc ne peut plus sortir puisque je n'ai personne pour me conduire en promenade. Rip s'ennuie. Tout me manque.

— Oh ! non, lui dit Cathe, vous êtes très heureux, Bob, c'est votre papa et votre oncle qui sont à plaindre parce qu'ils ont tout abandonné pour défendre leur pays.

Et Bob demeure pensif. puis dit tout à coup à sa vieille bonne :

— Qu'est-ce qu'il faut faire, moi, pour être gentil comme papa et mon oncle?

— Cherchez, dit Cathe, vous trouverez certainement. Je veux bien vous aider. Je ne vous donnerai aucun conseil, mais chaque jour je vous lirai le journal et nous verrons si vous êtes un petit garçon qui a du cœur et a tenu compte de tous les bons exemples donnés par son papa et sa maman.

Catherine vint le lendemain dans la chambre de Bob avec, sur son plateau à déjeuner, où fumait une bonne tasse de chocolat, un journal du matin même, et tandis que le petit garçon déjeunait, elle s'assit auprès du lit et se mit à faire la lecture ainsi qu'elle avait promis.

Et voici qu'elle tomba juste sur un titre en ce genre : « Ils ont faim » et qu'elle raconta les souffrances de pauvres réfugiés de l'Est et du Nord.

Bob écoutait, tout à coup, il s'arrêta de mordre dans une magnifique tartine de pain beurré.

— Tiens, Cathe, prends ! Vas leur porter ma tartine !

Cathe expliqua que c'était impossible, qu'il fallait que pour aujourd'hui Bob finît sa tartine et qu'on allait voir comment faire pour venir en aide aux malheureux de la guerre.

— Est-ce que de l'argent suffirait, Cathe ?

— Certes oui, Bob.

— Eh bien, vous donnerez tout ce qu'il y a dans ma tirelire.

A quelque temps de là, papa écrivait que son cheval avait été tué et que les chevaux manquaient. — Bob, en allant voir maman, lui parla de ce que disait papa. Maman questionna tout de suite?

— Duc est donc resté?

— Mais oui, dit Bob, très étonné, est-ce que Duc aurait dû aussi partir à la guerre?

— Mon Dieu ! dit maman, cela aurait fait un bon cheval de plus, je ne comprends pas comment nous avons pu le garder...

Bob en eut les larmes aux yeux, il trouva maman très méchante et le soir il alla voir Duc et pleura en l'embrassant. Se séparer de Duc était pour lui un crève-cœur insupportable.

Il dit pourtant timidement à Catherine :

— Si Duc partait, on le tuerait comme le cheval de papa?

— Peut-être non, dit Cathe.

— Est-ce qu'il serait très utile, mon cheval?

— Presque comme un soldat !

— C'est mal de le garder?

— C'est lâche et égoïste, certainement ; puisque bien des pauvres gens ont dû tout donner malgré eux, il serait juste que les riches donnent le superflu.

Bob demeura pensif et triste, puis il dit :

— Demain je veux, Cathe, que tu donnes Duc, pour qu'il aille à la guerre.

Catherine lisait tous les jours le journal au petit garçon et Bob successivement chargea sa bonne de donner ses joujoux, du linge, des effets et toutes ses économies. Il y eut le nom du bon petit Français sur le journal et Bob fut satisfait de lui-même. Il pleurait quelquefois en pensant à son cher « Duc », d'ailleurs on ne l'avait pas mis dans un endroit dangereux, « Duc » n'était point au « feu » et Bob très franchement s'en réjouissait.

Un jour Cathe lut : « On demande des chiens sanitaires » et l'article lu, elle expliqua à Bob ce que cela voulait dire. Des chiens intelligents, bons, bien dressés, rechercheraient les blessés sur le champ de bataille, car il y a des blessés graves qui ne peuvent ni appeler ni se plaindre, et que les brancardiers courent le risque de laisser mourir en les oubliant.

Bob en frissonna et pensa tout de suite à son cher papa et à son bon petit oncle.

— Dis donc, Cathe... si je donnais « Rip ».

— Ce serait très beau, Bob, parce que vous feriez un très grand sacrifice et que vous aideriez à sauver des hommes, à rendre des papas à bien des petits garçons.

— Eh bien Cathe, demain vous conduirez « Rip ».

Et c'est ainsi que Bob donna à la France, de tout son cœur, tout ce qu'il avait de cher et tout ce qu'il aimait Il fit à sa manière son devoir le plus grandement qu'il put, sans le savoir, simplement, parce qu'il était un bon petit Français et que tout naturellement il aimait la justice, la bonté, l'égalité et la fraternité.

LE CHASSEUR MORIN

Gaston Morin avait quinze ans, il était né à Baccarat près de Lunéville, quand les Allemands vinrent en Lorraine ; les parents de Gaston Morin furent pris de panique et s'enfuirent pour se réfugier je ne sais où. Dans leur affolement ils oublièrent le jeune garçon — il y a beaucoup eu de ces terribles aventures au cours de l'effroyable guerre !

Gaston Morin était blond, l'œil bleu, le visage coloré et souriant, doux et timide comme un vraie petite fille, mais vaillant, intelligent, courageux, et déluré comme un vrai petit Français.

Quand il se vit seul, abandonné, sans personne et sans secours, Gaston prit le seul parti qui fût en ce moment, il s'en alla trouver les soldats et sans pleurnicherie, simplement, clairement, il leur dit :

— Je viens m'engager, puisque je n'ai pas de parents. Je servirai toujours bien à quelque chose. Vous prenez bien des chiens avec vous, il ne vous importunera pas de recueillir un petit garçon. Je marche bien, je ne mange pas beaucoup, je ne suis guère gros. Je ne tiendrai pas de place et ne vous gênerai pas.

Ce petit discours fut accueilli avec bonté et la nouvelle recrue prit place parmi les chasseurs à pied très amusés et très contents. Et le petit Gaston à qui on avait fait don d'un bonnet de police qui lui seyait fort, commença d'aider à la cuisine et à toutes les corvées qui allaient à ses forces. Il était travailleur et avisé et servait bien gentiment ses bienfaiteurs. Peu à peu, la tenue de la jeune recrue était complète, il eut bientôt un uniforme complet de chasseur dans lequel, je vous assure, il avait très fière mine !

Puis arriva l'ère terrible des combats.

Croyez-vous que Gaston Morin eut peur ?

Il se battit comme un lion, ce petit chasseur à figure de fille, il avait en lui l'âme d'un héros. Il fut blessé au visage, au coude, aux mains, mais il ne se plaignit guère et n'accepta pas de quitter son cher bataillon.

— Mes blessures ne sont pas graves, disait-il, qu'on me mette à l'arrière, mais je veux servir à quelque chose !

On fit comme il le demandait et Gaston Morin n'entra en nul hôpital et demeura à l'arrière.

Une fois guéri, il demanda à revenir à son bataillon et il avait une si gentille manière d'insister qu'on ne pouvait rien lui refuser.

A nouveau il tint sa place de soldat, et à nouveau prit part à la bataille.

Cette fois il reçut une blessure profonde et grave et il fallut qu'un officier se fâchât pour le faire évacuer sur une ambulance. Le petit homme céda, mais à son grand désespoir et parce qu'on lui promit très fort que sa convalescence serait rapide et qu'il reviendrait bientôt.

Dans l'hôpital où il était en traitement, un hôpital de Paris, un général vint un jour visiter les blessés, il s'arrêta devant le lit de Gaston Morin.

— Tu es un brave, mon enfant, lui dit-il, serre-moi la main. Tu as fait œuvre d'homme et porté dignement l'uniforme des chasseurs de ton bataillon. Tu as été au feu comme un vrai soldat.

Et il l'embrassa.

On dit même que remontant en voiture à la sortie de cet hôpital, le général dit à un officier qui l'accompagnait :

— Cet enfant donne une leçon vivante à bien des hommes.

Et son clair regard était humide.

Vive, mes enfants, le chasseur Gaston Morin !

UN INFIRMIER DE TREIZE ANS

Cette histoire m'a été contée par un blessé, et l'infirmier dont il est question, j'ai voulu le connaître. Voulez-vous d'abord son portrait? Oui, car vous aimez savoir à qui vont vos sympathies, n'est-ce pas?

E h bien ! voici :

Il se nommait Paul Gardieu, il n'était pas beau parce que ses cheveux étaient roux et que son visage était couvert de taches de rousseur, son nez était relevé à la manière de ceux dont on dit « qu'il pleut dedans », mais dans ce visage s'ouvraient les plus beaux yeux du monde : deux grand yeux bruns ornés de longs cils noirs, un regard doux, confiant, tendre, intelligent comme celui d'un bon chien.

A cela, ajoutez un sourire franc à belles dents saines et vous avez Paul Gardieu. Entre nous, vous savez, il n'était pas laid et il était bien plaisant dès la première vue.

A l'ambulance il balayait, il faisait les courses, il faisait fonction d'aide-infirmier et de bonne à tout faire, mais surtout de lecteur et de gardien de nuit. Et tous les blessés et les malades l'aimaient bien et l'appelaient Paulot.

Comment était-il venu là? Comme sont venus tous ces pauvres petits. On ne sait d'où, réfugiés auprès des soldats comme auprès de grands frères dont on connaît d'avance la protection toujours prête et le cœur toujours apte à soulager, à consoler, à plaindre, à amuser, à recueillir.

Il s'approchait d'abord de l'ambulance et regardait curieusement panser les blessés peu graves ; on le chassait, le prenant pour un espion peut-être — sait-on jamais ! — mais il revenait toujours. On finissait par s'habituer à lui, et on commença à lui dire quelques mots de ci de là. Il était très amusant avec sa tignasse rouge et les soldats l'appelaient : « le rouquin » ou encore « la rousse » et le gamin riait de son beau rire clair à dents blanches et de tout son regard lumineux.

Une fois il aida au pansement. Oh ! peu de chose ! mais l'infirmier qui l'avait employé à quelques menues besognes lui trouva de l'intelligence, de la vivacité, de l'adresse.

Puis enfin, je ne sais plus au juste comment, il entra tout à fait à l'ambulance. Pas de plus douce garde-malade, et patient, et bon, que ce gamin tombé du hasard. Il restait de longs moments à consoler celui-ci, à plaindre celui-là, à amuser cet autre. Et propre comme un sou neuf. Attentif à tous les besoins et à tous les appels. Quand il y avait un agité on envoyait Paulot, et le blessé s'endormait bientôt la main dans la petite main fraîche du « rouquin. »

Et voici comment le blessé qui m'a conté cette histoire a connu Paul Gardieu.

Intrépide et bon, le gamin se faufilait avec des infirmiers jusque sous la mitraille pour porter secours aux blessés sur place; un jour il reçut un éclat d'obus et dut être soigné à son tour, mais la blessure était peu grave et Paulot se remit vite. Il continua ses fonctions d'infirmier au mieux des mieux. Or, un soir de rencontre très ardente, on amena à l'ambulance un officier dont la blessure n'était pas grave mais qui avait perdu beaucoup de sang. Il fallait du sérum. L'ambulance en avait peu, mais à quelques kilomètres de là, un poste complet de secours en possédait beaucoup.

Vous savez, mes enfants que le sérum redonne des forces aux malades et aux blessés très affaiblis.

Paulot qui écoutait ne laissa pas donner d'ordre, il cria simplement.

— J'y vais !

Et le voilà parti. Le poste de secours était à quelques kilomètres, mais il y avait le danger des patrouilles ennemies, et Paulot était un petit gamin de treize ans. Que lui importait ! Il n'y pensait même pas. Il arriva au poste sans encombre, mais là on ne voulut rien lui donner, alors il supplia qu'on vînt au moins avec lui. Un cavalier partit, prit l'enfant en croupe et tous deux arrivèrent à l'ambulance à temps pour sauver l'officier à qui le sérum rendit la force.

On ne remercia même pas Paulot tant on était habitué à le voir agir de la sorte, il était la petite providence de l'ambulance.

Le pauvre Paulot eut peu de chance pourtant. Un matin qu'il balayait en chantonnant, une vilaine marmite allemande, ou si vous aimez mieux un obus, arriva en sifflant, éclata près de lui et lui blessa si grièvement le bras qu'on dut l'amputer. Pauvre Paulot ! Certainement, dans l'avenir, il ne sera point malheureux, on s'occupera de lui faire une situation, mais vraiment le pauvre petit « rouquin » n'a pas eu toute la chance qu'il eût mérité de sa gentillesse et de son dévouement.

Pourtant, il est toujours aussi gai, franc, bon et dévoué au autant qu'il le peut.

Voici l'histoire de mon infirmier de treize ans.

MARQUIS, OU LE CHIEN SOLDAT

Décidément, tout le monde s'en est mêlé, tout le monde a voulu s'y mettre et faire, chacun à sa manière, de l'utile et de l'héroïque !

Nous venons de voir un groupe de petits garçons aussi bons que braves, aussi jeunes que vaillants, faire œuvre de héros de France. Voici maintenant que se présente un chien, un de ces chiens comme les petits garçons les aiment : vif, attaché, joyeux, intelligent comme un singe, joueur comme un petit garçon lui-même, malin, farceur. Un vrai camarade de jeu, un vrai compagnon de route.

Les soldats aiment beaucoup les chiens, il est rare de voir un régiment sans son chien, mais tous ne font pas auprès de leurs amis leur devoir comme le fit ce Marquis dont beaucoup savent la vie utile et charmante et la mort héroïque !

On dirait que les chiens et les petits garçons se donnaient le mot pour être recueillis par les soldats.

Marquis était perdu, il s'était, tout comme mes petits héros des histoires précédentes, tout comme Tintin le petit pâtre, tout comme Gaston Morin, tout comme Paulot, présenté à la porte de la caserne avec une mine effrontée, gentille et quémandeuse, une de ces mines irrésistibles de chiens savants et farceurs. C'était dans une ville du Midi. Les hommes de garde lui avaient offert la soupe, il avait accepté, s'était laissé caresser, puis était parti pour revenir le soir puis chaque jour. De plus en plus hardi, il était entré, puis avait daigné coucher à la caserne, puis enfin ne plus partir que de temps en temps, histoire de montrer qu'il était libre et restait là par simple volonté amicale. Marquis avait sa fierté ! C'est une chose permise, n'est-ce pas !

Marquis aimait les manœuvres, l'exercice, les marches,

il était de tout et ne manquait à rien. Rien ne l'effrayait, ni la pluie, ni le soleil, ni la poussière des longues étapes. Il était d'un exemple précieux. Bon camarade et fort utile en maintes petites choses dont il s'acquittait de bon cœur et à merveille.

Marquis aimait le bruit du fusil et de la fusillade, et comprenait tous les commandements. C'était un « chien-soldat », vaillant, plein d'entrain, joyeux, bon compagnon, alerte, courageux et surtout obéissant et plein d'inlassable bonne volonté. Un chien avec un bon cœur d'homme.

La guerre vint. Le régiment quitta sa quiète, sa tranquille et jolie ville du midi pour la gare, l'embarquement dans les trains à soldats et le long voyage aux frontière de l'Est ou du Nord.

Que devint Marquis? pensez-vous.

Marquis partit à la guerre avec son régiment. Ah ! par exemple il n'aurait pas fallu oublier Marquis !

Et le bon camarade qui n'avait jamais eu peur de rien, qui ne redoutait ni pluie, ni vent, ni soleil, que n'effrayait ni le canon, ni la mitraille, ni les coups de fusils, continua pour de bon cette fois, sa vie militaire. Il fut des attaques, et des offensives et des défensives, il fut des assauts à la baïonnette; et je vous assure qu'il reconnaissait bien un ennemi. Marquis connut aussi la vie monotone des tranchées et il fit également l'infirmier avec les médecins. C'est à croire que cette bête avait incarné en elle une âme d'être bienfaisant et très bon qui adorait aider tout le monde et faire le bien de toutes ses forces.

Le bon chien était aussi un porte-ordres admirable, il faisait toutes les commisssions délicates et difficiles, il passait inaperçu partout où il voulait, il se faufilait avec une intelligence surprenante dans les lignes ennemies. L'ennemi ne se méfiait point de lui, d'ailleurs Marquis avait la ruse de la cachette, il savait se dissimuler mieux que ne le ferait un être raisonnable doué de clairvoyance humaine. Il passait et revenait toujours.

On l'envoyait de bataillon en bataillon et aux indications données, il rapportait toujours la réponse.

En Alsace, il finit sa belle carrière de vrai héros. Il eut, le cher bon chien du régiment, une belle mort de soldat. La voici telle que la conte un journal, car les journaux se sont occupés du chien-soldat, et ont accordé à cet humble camarade de nos braves défenseurs un peu de cette gloire qu'il méritait bien :

« A Sarrebourg, il avait été chargé de porter un pli à
« un officier qui commandait une compagnie de mitrail-
« leuses.

« Marquis s'en va bien vite, saute des haies, des fossés,
« mais au moment où il allait atteindre le but, une balle
« allemande le frappe au côté droit.

« Le chien blessé se traîne péniblement, perdant du
« sang tout le long du chemin, arrive cependant auprès de
« l'officier et meurt après avoir accompli sa mission. »

Pauvre Marquis ! Cela vaut presque une citation à l'ordre du jour !

LE BEAU RÊVE
DE YVAN YVANOVITCH

Yvan Yvanovitch était un moujik. Vous ne savez peut-être pas ce que signifie ce mot étrange et tout à fait russe? Un moujik, mes enfants, mais c'est, tout simplement un paysan, un homme qui vit du travail des champs ; en Russie comme en France il y a, vous pensez bien, des paysans en grand nombre.

Donc, Yvan Yvanovitch était un paysan russe. Quand le Tsar avait appelé ses sujets à la grande guerre, Yvan, qui était robuste et jeune était parti pour se battre contre le méchant ennemi de sa patrie. Il avait quitté sa maison, sa jeune femme Natacha et ses deux petites filles, Marie et Sarah et son joli petit garçon Serge, et ses beaux chevaux et toutes ses terres, car Yvan n'était pas un très pauvre paysan, mais presque un fermier.

Voici que le froid était venu et que notre moujik était maintenant très loin de son cher village et de sa famille, et que quelquefois il était pris d'ennui. C'était, vous le pensez bien, quand les soldats ne se battaient point, car Yvan Yvanovitch était très brave et très courageux et, parce qu'il aimait bien sa femme Natacha, ses petites filles et son petit garçon et qu'il tenait à sa maison et à ses champs, il aimait sa patrie et donnait toute sa force pour la défendre.

Yvan était un très bon soldat à qui les balles et les obus ne faisaient point peur et qui jamais ne tremblait ou ne reculait, mais au contraire allait toujours en avant de tout son cœur, comme porté par un génie mystérieux qui le protégeait.

Un soir, les soldats s'étaient bien battus et ils reposaient sur la terre, roulés dans leurs chauds manteaux. Yvan qui avait été, selon son habitude, vaillant et plein d'entrain, ne dormait cependant point et demeurait étendu

rêveur, la tête appuyée sur sa poitrine et le coude contre
la terre. La lune s'était montrée dans un ciel d'hiver tout
pur, sans un nuage, c'était une belle lune ronde et blanche
pareille à un miroir, elle laissait tomber sur la terre une
si grande clarté que Yvan aurait pu, à sa lueur, relire,
sans trop se gêner, les lettres de sa chère femme, la douce
Natacha. Mais il ne lisait pas et il songeait, il regardait le
camp endormi et écoutait les bruissements de la nuit froide
et peut-être, dans le lointain, les hurlements des loups.
Longtemps, longtemps, le moujik ainsi veilla au milieu
du sommeil de ses camarades. Et puis enfin il se roula à
son tour dans son chaud manteau qui était une lourde pelisse et il s'endormit.

Et c'est alors que Yvan Yvanovitch vit « le général
blanc ». — Il faut aussi que je vous dise ce que c'est que le
« général blanc ». — Il est le Dieu des batailles. Il appa-
raît au clair de lune, dans un beau rayon d'argent, sa barbe
est longue et blanche, son visage est pâle, et pâles sont son
sourire et ses yeux. Un grand manteau de drap blanc le
couvre du col aux pieds et s'étend jusque sur la croupe de
son beau coursier plus blanc que la neige. Un casque d'argent et une épée d'acier luisent au feu de l'astre nocturne
Le général blanc glisse au pas silencieux de son cheval, il
va vite, vite comme un nuage que pousserait le vent ; il est
si léger qu'il peut passer sur votre corps endormi sans que
vous en sentiez seulement le frôlement, et au travers de
son corps et de celui de son coursier vous pouvez aperce-
voir la campagne.

Lorsque passe le général blanc, c'est bon signe lorsqu'il
vous sourit et vous regarde ; c'est signe — je puis bien vous
le confier — que vous ferez le lendemain des choses utiles
et héroïques et que vous sortirez de la bataille vainqueur
et vivant. Si le général blanc ne vous regarde point de ses
yeux pâles, froids comme un rayon de lune, c'est que vous
êtes prêt à entendre sonner votre heure dernière. — Les
soldats craignent beaucoup le général blanc et ils préfèrent
ne point le voir.

Or, depuis quelques mois qu'ils se battaient, jamais les vaillants soldats du Tsar n'avaient vu le génie des batailles. Chaque matin ils se le demandaient et toujours la réponse était la même : le général blanc ne venait point.

Donc Yvan Yvanovitch avait été le dernier endormi du régiment qui se reposait là et longtemps, longtemps il avait songé au clair de lune, et peut-être est-ce sa songerie solitaire qui avait attiré vers lui le général blanc et l'avait fait se glisser sur un blanc rayon lunaire au'trot silencieux de son coursier d'argent? Je ne sais. Mais voici que, aussitôt que ses yeux se furent fermés, notre Yvan Yvanovitch se sentit transporté bien loin du camp où il venait de soudainement s'endormir. Quand il put se rendre compte de ce qui lui arrivait, il se trouva monté en croupe sur un cheval magnifique qui filait comme l'éclair, sans toucher pourtant la route ; il semblait voler comme un nuage que pousserait un grand vent et l'on eût dit que des ailes étaient à ses quatre sabots de cheval. Devant Yvan était assis un cavalier de haute stature dans lequel il reconnut avec un grand frémissement d'effroi le « général blanc ». Or, le Dieu des batailles, qui pourtant tenait le dos tourné à Yvan, vit son effroi et lui dit :

— Ne crains rien, bon soldat, et sois confiant en moi. Tu n'es point mort et je ne t'emporte pas en mon pâle royaume des glorieuses ombres. Sois heureux, car je t'ai choisi et demain tu feras de grandes choses.

Et Yvan à partir de cet instant et en entendant ces paroles, fut quitte de toute peur et s'abandonna à l'aventure avec une belle confiance digne de son courage.

Alors il vit qu'il venait de quitter le rapide coursier mystérieux et que le Dieu des batailles était devant lui et le regardait longuement dans les yeux et qu'il souriait d'un bon et paternel sourire ; il étendit le bras à sa droite et Yvan vit une armée, il reconnut ses amis auprès de qui il dormait tout à l'heure. Le général blanc étendit encore le bras à sa gauche et Yvan vit avec colère les ennemis contre lesquels hier il avait combattu. Entre ces deux

armées il vit aussi marcher rapidement un petit soldat...
des obus éclataient autour de lui, tous les ennemis le met-
taient en joue, mais il marchait, marchait toujours et il
paraissait ne rien voir et ne rien entendre, tout à coup,
pourtant,il chancela, puis tomba,touché en pleine poitrine,
mais il se releva bientôt et continua sa route péniblement
puis disparut... et Yvan avait reconnu, le front tout en
sueur, dans ce petit homme qui venait de braver aussi
farouchement et silencieusement la mort, lui-même :
Yvan Yvanovitch.

Et le général blanc avait disparu. Le moujik crut entendre pourtant une voix qui lui disait :

— Voici ce que dans quelques heures j'attends de toi,
Yvan Yvanovitch.

Et il entendit si bien prononcer son nom qu'il s'éveilla.
Il se retrouva roulé dans sa pelisse, à la même place que
tout à l'heure. La lune avait glissé du sud au nord de la
terre qu'apercevait Yvan et, ma foi, dans les vapeurs du
sommeil à peine quitté, le moujik crut voir à l'horizon le
général blanc qui disparaissait, mais se retournait une fois
encore pour le regarder longuement et lui sourire d'un bon
et paternel sourire. Et il ne put se rendormir tant il se sentait joyeux et fort.

Quand on sonna l'éveil, les soldats se questionnèrent et
Yvan, joyeux et fier, conta son rêve. Et tous l'entourèrent
avec beaucoup d'admiration et d'envie et aussi un peu de
crainte. Ils n'eurent d'ailleurs guère le temps de tenir des cau-
series sur l'événement, car voici que le canon se mit à faire
entendre sa rude voix et que les hommes durent sauter sur
leur fusil pour entrer en une furieuse attaque contre l'ennemi qui arrivait. Mais je vous assure que tout le régiment
de Yvan Yvanovitch était vaillant et plein d'ardeur et
de courage, puisque le général blanc l'était venu visiter
et avait souri et regardé longuement le sommeil des soldats
durant la nuit qui venait de finir. — Vous pensez aussi
quelle ardeur combative animait Yvan, notre moujik...

Et voici que, quelques heures après, le régiment semblait

voué à la défaite et que pour le sauver il fallait du secours, mais ce secours était lointain et périlleux à avertir.

— Un volontaire parmi vous? demanda un officier, et voici qu'avant tout autre se présenta Yvan Yvanovitch.

— C'est grave et difficile, lui fut-il dit, mais Yvan se mit à sourire, sûr de lui et heureux de la mission.

Il partit donc allègre et joyeux, non point comme à un devoir héroïque, mais comme à une fête, et en le voyant ainsi partir pour sauver tout le monde, les officiers lui serrèrent gravement la main et les camarades lui donnèrent le baiser d'adieu. Yvan marcha, mais tout de suite le canon tonna et des obus l'entourèrent méchamment, et éclatèrent autour de lui; mais il ne reçut aucune blessure et, sans s'émouvoir, reprit sa route. Il alla de longues heures parmi la mitraille et la mort, mais il semblait protégé par une surnaturelle puissante, car rien ne lui arrivait de fâcheux. Il arriva enfin, il vit les lignes amies, il se crut sauvé quand il reçut en pleine poitrine un énorme éclat de fonte. Il chancela, essaya de se redresser, tomba en avant terrassé par une affreuse douleur, mais sa volonté était telle qu'il se releva, se traîna jusqu'aux abords des lignes amies. Là, il fit signe à une sentinelle et lui murmura, de tout ce qui lui restait de forces, la mission dont il était chargé. Puis il s'évanouit.

Yvan Yvanovitch se retrouva couché dans un lit bien blanc, dans une grande salle toute blanche, avec, auprès de lui, une dame très douce et qui souriait.

Et il comprit qu'il était sans doute entré au paradis des pauvres moujiks et il ferma les yeux. Quand il les ouvrit à nouveau il faillit cette fois crier de terreur, car le général blanc était là, au pied du lit, et le regardait doucement en souriant et voici ce que le pauvre moujik entendit et vit :

Le général blanc s'approcha et lui mit un baiser sur la joue et la croix sur sa poitrine blessée.

— Tu es un brave et voici ce que t'envoie notre petit père le Tsar.

Et ainsi se réalisa le beau rêve de Yvan Yvanovitch.

HISTOIRE
D'UNE SOURIS BLANCHE

Quand son papa revint d'un beau voyage en Algérie, il donna à petit Georges trois jolies souris blanches. Georges aimait beaucoup ses nouvelles petites amies et rien ne lui était plus cher, il eût donné, pour les conserver, tous ses plus beaux jouets et renoncé aux meilleurs gâteaux ! Il y en avait surtout une qu'il préférait, car elle était plus familière que les autres, elle avait une tache noire sur le front et une autre au bout de la queue, ce qui en faisait une très drôle de petite souris. Georges l'avait nommée « Mignonne » et jamais il ne la quittait, il l'emportait même en promenade, au fond de sa poche où il avait soin de mettre force miettes de pain et de gâteaux. Mignonne était très affectueuse et très intelligente, elle mangeait dans la main et comprenait tous les signes. Elle était enfin capable de mille petits tours très amusants.

Il y avait dans le bureau du papa de Georges un jeune secrétaire que le petit garçon aimait aussi beaucoup. C'était un Anglais de très bonne famille. Et voici que vint la guerre. Le jeune secrétaire s'en alla en Angleterre après avoir embrassé bien fort le petit garçon, sans oublier ses amies les souris et surtout la gentille « Mignonne ».

Au bout de quelques semaines, on introduisit un soir, au salon, un beau soldat ayant fière mine, je vous assure, un beau soldat anglais comme vous en avez beaucoup rencontré avec leur casquette plate et leur jaquette ajustée, et leurs jambières et tout cet ensemble pratique et élégant qui fait de nos alliés de magnifiques combattants. C'était le jeune secrétaire qui, engagé, venait se battre dans nos rangs pour la bonne cause du droit et de l'honneur. Et le jeune homme resta dans la ville une semaine au moins et souvent il vint voir le papa et la maman de Georges. Un soir, il demeura un peu plus tard que de coutume et il dit à plusieurs reprises :

— Je pars demain au « front ».

Georges grimpa sur ses genoux et finit par lui dire :

— Qu'est-ce que c'est que cela, le front?

Le soldat expliqua au petit garçon que cela signifiait qu'il partait se battre, qu'il allait vers l'endroit où on tirait des coups de fusil et de canon et qu'on disait aussi « aller à la ligne de feu ».

Et petit Georges regarda son ami avec beaucoup de terreur et d'admiration. Il remarqua que sa maman avait les yeux rouges et que papa paraissait très ému également.

Au dernier moment, il remarqua aussi que sa maman donnait au jeune homme toutes sortes de choses, que son papa lui donnait des cigares et de l'argent. Lui, Georges, comprit qu'il n'avait rien à donner, lorsque tout à coup voilà « Mignonne », qui était je ne sais où, qui grimpe le long de son petit maître et se met à lui mordiller gentiment le menton. Une pensée vient au petit garçon : « Mignonne », c'est tout ce qu'il a de plus précieux, il sait que le jeune homme aime aussi bien la jolie petite bête, s'il la lui donnait?

— Voulez-vous « Mignonne » en souvenir de petit Georges, monsieur Edward? demande-t-il très gravement au jeune homme qui se penchait pour lui dire au revoir.

— Oh ! fait le beau soldat avec une grande émotion, oh ! je n'oserais pas vous priver de votre gentille petite camarade !

— Mais si, insiste l'enfant, prenez-la.

— Eh bien Georget, oui, donnez-moi la jolie petite bête, elle me portera bonheur.

Et ainsi « Mignonne » partit à la guerre dans la poche confortable d'un beau soldat anglais.

Alors voici que commence pour la petite souris blanche une vie de recluse. Car « Mignonne » ne quitta plus guère la poche de son nouveau maître, sauf la nuit. Jamais Edward ne se sépara de sa petite amie, elle était devenue son fétiche, son porte-bonheur, elle fit toute la guerre avec lui. Pas peureuse, elle demeurait blottie au fond de la poche de son maître durant les rencontres. Dès que le bruit avait cessé, elle sortait un peu la tête, regardait à droite, à gauche, de ci, de là, puis grimpait jusqu'aux épaules, faisait quelques menues caresses et un brin de toilette, s'asseyait bien sagement et prenait l'air comme une petite reine sur sa terrasse. Un bruit survenait-il... vite « Mignonne » regagnait la poche-cachette.

Elle mangeait dans la main et savait parler de sa petite voix stridente. La nuit elle allait en promenade, mais revenait sagement en son habitation. — La petite souris blanche était devenue légendaire dans la compagnie du soldat, et tous les hommes la connaissaient et elle les amusait beaucoup durant les heures de repos du terrible métier des armes.

Edward fut blessé et ce fut certainement « Mignonne » qui lui sauva la vie.

Il était sorti de la tranchée pour transmettre un ordre d'un officier à un autre, sa tâche était remplie, il revenait, un obus siffle, éclate ! « Mignonne » saute à terre, Edward se baisse, fait quelques pas en avant après la petite souris vagabonde. Bien lui en prit, l'obus en éclatant lui arracha son sac et le blessa au dos et aux reins ; si « Mignonne » ne l'avait point fait baisser pour la ramasser dans sa fuite, le beau soldat aurait été tué net des éclats d'obus et aurait peut-être eu la tête arrachée à la place du sac qu'on retrouva à deux cents mètres de là.

Le cadeau du petit Georges avait vraiment porté bonheur.

LES FARCES DE SIDI
LE MAROCAIN

Sidi aimait beaucoup la France et les Français ; quand il vint faire la guerre, il fut content. Doué d'un esprit vif il était farceur au possible et il n'est pas de tours qu'il n'ait joué aux lourds Teutons, nos ennemis. Avec sa verve il amusa ferme tous les camarades de son régiment.

Une fois, c'est sa « chéchia » qu'il s'amusait à promener au bord de la tranchée, au bout de son fusil ; les ennemis croyant avoir affaire à un soldat imprudent qui se promenait sans se méfier des balles, tiraient sans se lasser sur la malheureuse coiffure en promenade, et ils usaient ainsi leurs munitions pour rien à la grande joie des camarades de Sidi qui, eux, ne perdaient pas leur temps et s'occupaient mieux que les ennemis d'en face, je vous l'affirme.

Et Sidi très joyeux disait en riant de toutes ses dents blanches et en frappent ses mains l'une contre l'autre.

— Ça... bon.

Une autre fois, Sidi a fait semblant d'être blessé : après une rencontre, il est revenu à la lisière d'un bois auprès des tranchées allemandes et il s'est mis à gémir très fort. Alors deux soldats sont venus pour achever le pauvre Marocain, mais à peine sortis de leur trou, Sidi les a ajustés... et pan ! cela a fait deux ennemis de moins. Puis il a esquissé une cabriole et a disparu au travers des branches rapide comme un zèbre et vif comme un singe. Ceux des ennemis qui ont vu cela doivent se demander si vraiment nous ne faisions point la guerre avec des singes...

Car Sidi, grimpé dans un arbre, continuait à faire grêler sur eux la mitraille la mieux ajustée et la plus dure... et avec ses cabrioles insensées et ses gestes ahurissants et sa face noire et son rire strident, on eût bien dit un de ces amusants quadrumanes dont quelques savants prétendent que nous sommes les petits-fils !

Une autre fois encore, Sidi a été en rampant attacher aux fils de fer, dont s'entouraient les défenses allemandes, une rangée de boîtes de conserves vides. La nuit, il se met à pleuvoir très fort et l'eau, en tombant sur les boîtes vides fait beaucoup de bruit. L'ennemi tire dans le noir, tire, tire désespérément et sans se lasser, tandis que nos soldats s'amusent de cette riposte contre des boîtes vides et que Sidi se frotte les mains et rit de toutes ses dents.

— Ça bon... ti sais !

Le brave Marocain a certainement cette nuit-là empêché les Allemands de dormir, et le lendemain matin, quand ils ont aperçu contre quels ennemis ils avaient usé leurs balles : des boîtes vides ! ils ont dû faire une bonne petite rage d'orgueil !

Mais la meilleure farce de Sidi est la suivante :

Il avait été envoyé dans une ferme chercher de quoi ravitailler la cuisine des sous-officiers, car Sidi était si brave, si fin, si débrouillard, qu'on l'employait à toutes les besognes et surtout à celles où il s'agissait de déployer toute son adresse et ses qualités de demi-singe. Quand il arriva dans la ferme, il se trouva en présence de trois soldats allemands. Croyez-vous que le brave Marocain fut effrayé d'une aussi terrible rencontre? Je ne crois pas, à coup sûr, il ne le fit point voir !

Voici, en tous cas, nos quatre hommes en présence. Les Allemands menaçants, puisqu'ils étaient déjà dans la place, et Sidi guogenard. Que reste-t-il dans la malheureuse ferme? Bien peu de chose car les ennemis ont pris tout ce qui leur a plu.

Sidi est désolé... Les ennemis rient de sa déconfiture et aussi du bon tour qu'ils lui réservent. Ils sont trois contre lui. Voici une bonne prise. Le noir est leur prisonnier. Et les voici qui malmènent Sidi, qui se laisse faire comme si tout à coup il était devenu lâche et craintif. Les soldats, après l'avoir houspillé d'importance, lui avoir pris son fusil le chargent de leur butin et le font marcher devant eux. Le Marocain ne bronche pas, courbe l'échine et geignant un peu, juste le temps de persuader aux soldats pleins de morgue et d'importance que le prisonnier est maté et bien maté. Tout à coup, Sidi se souvient de ses talents de fils du désert et le voici qui détale rapide en imitant la course en zig-zags du crocodile, ce qui empêche les soldats de l'ajuster et les désoriente. Pris de rage, ils se lancent à sa poursuite et Sidi nous arrive.

Et c'est ainsi que Sidi fit à lui seul, et désarmé, trois prisonniers et un rapt de munitions pour la cuisine de ses sous-officiers, car les soldats peureux se constituèrent prisonniers des lignes françaises, afin de ne point encourir le châtiment des leurs !

Sidi excellait aussi aux danses excentriques et donnait à ses camarades des occasions nombreuses de passer de bonnes heures à rire. Durant des mois il fut le boute-en-train de sa compagnie et contribua à relever beaucoup le moral de soldats en leur faisant oublier, par ses farces et ses tours drôles, la monotonie et la cruauté des heures de la terrible guerre !

LE PRISONNIER

Cet homme, qui est un brave homme, je l'ai vu dans une petite gare des environs de Paris, et comme son regard était clair et franc, je lui ai parlé. D'ailleurs ne causait-il pas parfaitement notre langue ?

C'est une histoire assez courante, elle est celle de beaucoup de prisonniers de cette guerre.

— Ce qui me fait souffrir, voyez-vous, ce n'est pas d'être prisonnier, c'est de l'être sous cet affreux uniforme ; c'est que, maintenant que je n'ai plus à tirer sur mes frères de France, je demeure quand même sous cette livrée infâme, sous cet habit que je déteste, c'est que je suis dénommé « prisonnier de guerre allemand ! »

Et l'homme avait les yeux humide, des yeux très bleus de gars lorrain.

— Je suis de Metz, monsieur, et toute ma famille est de pure race lorraine. Pourquoi je suis resté Allemand, ah oui ! mais pourquoi aussi aime-t-on sa maison et sa terre et tout son petit avoir? D'abord, jamais je ne me suis cru Allemand, moi, monsieur, et je le croyais d'autant moins qu'ils ne m'avaient pas trouvé bon pour le service militaire ! Mais voilà qu'ils ont tout pris : les vieux et les jeunes et tout ce qu'ils trouvaient mauvais pour le service autrefois. Et voici que je me suis vu soldat allemand, dans les lignes allemandes, et que moi, Lorrain, on m'a donné une arme pour tuer contre la France... J'ai beaucoup souffert, monsieur, les premiers jours.

J'ai eu la chance de plaire à un lieutenant qui était un bon jeune homme et il m'a pris comme ordonnance et je le soignais et je l'aimais bien, parce que, quoique Allemand, c'était un brave cœur — il y a, monsieur, d'honnêtes gens partout. Et ce n'était pas la faute à mon lieutenant s'il était né en Saxe ! — D'ailleurs je crois que ce brave garçon est mort, car il était sérieusement blessé, lorsque je suis venu me rendre dans vos lignes.

— Comment je me suis rendu, monsieur? C'est si simple... Je vous assure que j'ai été bien reçu parmi les lignes françaises !

Mon lieutenant m'avait mis aux cuisines, parce qu'il me trouvait propre et vif. Après son départ à l'ambulance. j'y suis demeuré. J'aimais bien cela parce que je ne tirais guère de coups de fusil. Ce n'est pas par peur que je n'aimais pas me battre, vous savez, c'est parce que ça me meurtrissait le cœur de tirer sur des amis. Depuis l'absence de mon lieutenant je devenais triste et je n'avais plus qu'une idée : partir.

Un matin j'étais allé à l'arrière chercher le ravitaillement de café. Il faisait un brouillard épais et blanc comme de l'ouate. Je m'en revenais avec deux marmites pleines do café fumant, et qui sentait bon, vous savez. Plus que jamais l'idée de partir, de quitter la guerre, trottait en mon esprit. Je ne sais pas si je l'ai fait exprès, mettons que oui, mais je n'en suis pas sûr. Toujours est-il que je n'ai plus reconnu mon chemin, que j'ai marché, marché devant moi longtemps, et que, tout à coup, j'ai entendu parler français et tirer des coups de fusils. Malgré moi encore peut-être, j'ai dit :

— Camarade ! en posant mes deux marmites à côté de moi.

Les coups de feu ont cessé, on a bien vu que je n'étais pas armé et que j'étais des cuisines, ils sont venus à moi, joyeux comme des gamins, ils ont senti mon café.

— Du café ! criaient-ils en riant, et à moi ils disaient :

— Tu t'es trompé, hein, à cause du brouillard ! Ce qu'ils vont attendre leur café tes camarades ! Tant pis... Ah ! tu es un brave garçon, tu sais !

Mais ils se méfiaient aussi, vous savez, ils m'ont forcé à boire une grande gamelle de café. Je l'ai fait de bon cœur parce que je défaillais d'émotion de ce que je venais de faire. Alors ils ont été contents, ils se sont bien régalés avec le déjeuner des officiers de là-bas. Moi je me disais : Tant mieux ! qu'ils se régalent, les pauvres enfants, et j'en pleurais de contentement.

Et pour finir de leur faire plaisir je leur ai dit :

— Je l'ai ait exprès, vous comprenez bien, je suis Lorrain, ça me faisait mal au cœur de porter du si bon café aux Allemands !

Et vrai de vrai, monsieur, je ne sais plus bien si j'ai dit vrai ou si j'ai menti, mais ce qu'il y a de certain, c'est que je ne regrette rien de ce que j'ai fait et que la joie de ces braves jeunes gens m'a causé un contentement qui m'a soulagé de la peine qui me faisait souffrir depuis le commencement de cette terrible guerre.

Et j'ai quitté le prisonnier, très ému de l'histoire. Mais je vous le dis, c'est une histoire très commune, car elle est celle de presque tous les Alsaciens-Lorrains qui n'ont pas voulu continuer à massacrer leurs amis de France !

PÈRE ET FILS

Le père Thomas alluma sa pipe et quand il en eut tiré quelques bonnes bouffées, il se carra dans son fauteuil.

— Comment j'ai retrouvé mon fils, mon François, ah ! que c'est donc une chose étonnante que ces rencontres-là !

J'ai fait la guerre de 1870, j'étais alors engagé volontaire, j'étais jeune et plein d'ardeur et de vie. J'ai servi la France de tout mon cœur, et nous étions beaucoup comme cela. Si nous avons été vaincus, vraiment, ce ne fut point de notre faute !

Quand on a pensé avoir cette nouvelle guerre de 1914 j'ai senti bouillir en mes veines du sang encore vaillant, je me suis engagé une nouvelle fois et comme je suis solide et que je n'ai jamais paru mon âge, on m'a pris, et le soir de mon départ fut un soir joyeux, je vous assure.

Je me suis aussi engagé parce que j'avais au fond de moi un vieux chagrin qui ne s'est jamais passé... mon chagrin, c'était François... François qui était disparu depuis dix ans, parti je ne sais où... engagé me disait-on à la Légion étrangère ! Oui, mais, était-ce vrai, cette histoire-là? Moi je pensais mon fils mort, mort mon beau grand garçon joyeux et si plein de vie ! Ah ! oui, à quoi bon tenir à ma vieille carcasse maintenant que j'étais seul !

— Alors, je suis parti le cœur soulagé et certain de faire vaillamment mon devoir parce que j'avais de toutes mes forces fait le sacrifice de ma vie.

Ainsi, mes enfants, disait le père Thomas, et c'est vraiment comme cela et à cause de cela qu'il était parti à la guerre, tout comme un jeune homme, parce que son fils autrefois lui avait désobéi, qu'ils avaient eu ensemble une grosse dispute et que le garçon, mauvaise tête, avait pris la porte et était allé Dieu sait où ! Il y a beaucoup d'enfants comme François, qui ont bon cœur, mais ne veulent

point supporter les observations de leurs parents et de
leurs aînés; ils font alors des bêtises et causent de grandes
peines à eux et à ceux dont ils ont refusé d'écouter les
conseils ! Et c'est très malheureux et très mal, car si quelquefois la destinée ou le hasard apportent à ceux qui ont
fait des fautes, leur pardon, d'autres fois ils sont plus sévères
et apportent au contraire des punitions tristes.

Mais pour le père Thomas, qui était un brave homme,
et pour François qui, au fond, était un excellent cœur, le
hasard fut très gentil.

Voici donc le père Thomas parti à la guerre, et comme il
l'avait demandé, on le mit tout de suite devant l'ennemi.
Il se battit pendant trois mois de tout son cœur sans être
blessé, mais son régiment, — du moins, le régiment où on
l'avait placé — perdit beaucoup d'officiers et de sous-
officiers et on les remplaça plusieurs fois par des nouveaux,
naturellement.

Un jour, arrive à la compagnie du père Thomas un adjudant doux comme une demoiselle, bon avec ses hommes
comme un papa, courageux comme un lion. Lui et le père
Thomas étaient tout de suite bien ensemble ; d'abord ils
s'appelaient Thomas tous les deux et cela les faisaient rire.
Après une rencontre, voilà que le père Thomas est blessé
et que le jeune adjudant le soigne. Comme le hasard fait
bien les choses! Le père Thomas souffrait au cou. Le jeune
homme lui donne les premiers secours, et tombe en extase
sur un médaillon que le père Thomas portait au cou.

— Qu'est-ce que c'est que cela père Thomas ?

— C'est mon petit François, mon adjudant, un enfant
que je pleure depuis dix ans.

— François ! s'écrie le jeune homme, il était ouvrier
serrurier, n'est-ce pas, sa maman se nommait Claire
Thomas !

— Vous savez où est mon petit, peut-être, il était dans
votre régiment?

— Papa ! murmura de tout son cœur le jeune sous-offi-
cier, et il tomba en sanglotant à genoux auprès du blessé.

Pour le coup, le père Thomas ne sentait plus son mal, il était fou de bonheur ! Pensez... retrouver son fils ainsi : bon, glorieux et si courageux, si aimé de tous, dans le droit chemin du devoir et de l'honneur. Vraiment la destinée avait été très bonne pour le papa, et pour le garçon mauvaise tête.

Ils continuèrent à se battre ensemble, furent cités ensemble au livre des braves soldats et revinrent saufs de la terrible aventure qui les avait réunis. François a la médaille militaire, et son père, qui l'a pleuré pendant dix ans, est maintenant fier de son fils, comme bien vous devez penser !

L'OISEAU ENCHANTÉ

Voilà que petit Albert s'éveilla dans le fossé et qu'il se mit à pleurer !

Pauvre petit Albert ! Sa maman était partie avec lui et sa petite sœur Marthe alors que de méchants soldats entraient dans le village et que le canon faisait un bruit terrible qui vous déchirait les oreilles et vous donnait mal dans l'estomac. Le petit Albert marchait le plus vite qu'il pouvait aux côtés de sa maman, mais voilà que tout à coup il était tombé et que la chère maman n'avait pas eu le temps de le relever et de l'attendre, parce que les méchants soldats criaient bien fort et poussaient devant eux les pauvres gens !

Albert était perdu ! il avait beaucoup pleuré, puis s'était endormi et voici qu'il s'éveillait et se mettait de nouveau à pleurer.

Mais ses larmes se sèchent vite ; voici que là-haut, dans le ciel, vole un bel oiseau blanc, un oiseau gigantesque et brillant comme jamais petit Albert n'en a vu, bien sûr... L'oiseau s'approche et ronronne ; le voici qui descend, descend, arrive vers le petit garçon ravi et souriant au travers de ses larmes arrêtées. Il se lève et bat des mains.

Le bel oiseau est à terre tout près du petit enfant. Deux hommes noirs sautent et regardent autour d'eux, soudain, ils voient Albert qui leur sourit.

— Tiens, mon petit bonhomme ! que fais-tu là?

— Je suis perdu, monsieur.

— Perdu ! Tu n'as donc pas de maman?

Alors le petit Albert, en une langue de tout petit garçon, a vite raconté son histoire.

— Nous sommes dans les lignes ennemies ! dit un des soldats (car vous avez reconnu un de nos beaux aéroplanes, son pilote et son voyageur).

Ils prenent des notes, inspectent les alentours, puis mettent en marche. Mais au moment de partir :

— Alors, où es ta maman, mon petit?

Petit Albert recommence à pleurer.

— Emportons-le, dit le plus jeune des aviateurs, et il met l'enfant sur son bras et les voici partis sur le bel oiseau blanc dans le ciel bleu.

Vraiment petit Albert voit des choses merveilleuses; il croit qu'il fait un rêve. On vole ainsi longtemps, longtemps, puis on arrive à une grande ville et le bel oiseau descend.

Plus tard, on conduisit le petit garçon dans une belle maison, il y resta quelques semaines, fut soigné et dorloté comme un petit prince et un beau jour, qui voit-il arriver? Maman, petite maman bien contente, et la sœurette Marthe. Et tous les trois furent ainsi réunis grâce au bel oiseau enchanté que le gentil enfant perdu avait salué à son réveil.

C'est, ne vous semble-t-il pas, un beau miracle de l'oiseau de France, parce que petit Albert était un charmant petit garçon et que, toujours, les bons enfants sont gentiment récompensés?

Etampes. — Imp. LA SEMEUSE